있음

정 태 성 시집(2)

주디자인

있음

머리말

지난 30여년간 물리학을 연구하며 학생들을 가르쳐 왔습니다. 과학은 심오하며 모든 것에 통하는 원리가 있어 매력적이었습니다.

그런 가운데 틈틈히 문학을 옆에 두고 함께 하였습니다. 문학은 인간적이며 저의 내면에 위로와 안식을 주었습니다.

삶은 사람이 예상한대로 흘러가지 않는가 봅니다. 평생 물리학에만 빠져 살 줄 알았건만, 우연한 기회에 시와 수필을 저도 모르게 쓰기 시작하게 되었습니다. 블로그에 글을 올리며 또 다른 저를 발견하게 되었습니다.

매일 시와 수필을 쓰며 제 안에 있었던 저도 모르는 것들이 쏟아져 나오게 되었고, 그로 인해 제 자신이 살아 있음을 느꼈습니다.

이제 두 번째 시집을 내게 되었습니다. 문학을 통해 제 자신을 아는 것 뿐만 아니라 더 나은 모습으로 나아고자 합니다. 부족한 글이니 마음 편히 보아 주시기 바랍니다.

이 시집이 나오기까지 많은 도움을 주신 김혜경 선생님과 청주 문화의 집 시동호회 회원들, 그리고 청주시 1인 1책 운동 관계자 여러분께 진심으로 감사를 드립니다.

2021. 8.
무더운 여름의 끝자락에서
지은이

이 책은 청주시 1인 1책 펴내기 운동 기금을 일부 지원받아 발간하였습니다.

차례

1부 / 있음

2부 / 마음의 눈

3부 / 푸른 바다

4부 / 남아있는 시간

5부 / 타인

1부

/

있음

있음

있음은 욕심이 아닙니다
바라는 것도 아닙니다

있음은 멀리 있는 게 아닙니다
할 수 없는 게 아닙니다

있음은 허무하지 않습니다
괴로움이 아닙니다

내가 있는 자리가 중요합니다
내 옆에 있는 사람이 전부입니다
그러기에 내가 있습니다

있음은 즐거움입니다
행복입니다
지금입니다

오늘 나는 있습니다
그러기에 느낍니다
살아있음을 느낍니다

그것이 있음입니다

작은 것

볼품없어 보일지 모릅니다
눈에 띄지도 않겠지요
모든 사람이 지나칩니다
없어도 표시 나지 않습니다
가까운 사람이 알아주지도 않고요

실망할 필요가 없습니다
속상해하지도 마세요
서운해할 이유도 없습니다

아직 때가 아닐 뿐입니다

있는 그 자리에서
더 깊게 뿌리를 내리고
조금씩 조금씩
물과 영양분을 빨아들이면 됩니다

시간이 지났습니다

당신을
무시하고
지나치고
알아주지 않던 사람들이

이제는
당신 아래서
햇빛을 피하고
비를 피하고
편하게 쉬고 있네요

당신은
많은 가지를 펼칠
커다란 나무가 되기 의한
생명의 근원이었던
소중한 씨앗이었습니다

별

나에겐 별이 있습니다
밤에 보면 반짝입니다

낮엔 보이지 않지만
항상 그 자리에 있습니다

언제나 나를 보고 있고
언제나 나를 지켜주는

나에겐 예쁜 별이 있습니다

내가 어디를 가고
내가 어떤 일을 겪어도
내가 잘못을 하고
내가 어려움에 처해도

그 어떤 것에도
아랑곳하지 않은 채

항상 나를 따라다니는
반짝이는 별이 있습니다

과거에도 그 별은 있었고
지금도 나와 함께 있고
이생에서 나의 삶이 다할 때까지

언제까지나
나를 비추어주는

아름다운 별이
나에겐 있습니다

피안

이제는
날아서 가고 싶습니다
바람에 몸을 맡겨
훨훨훨
날아가고 싶습니다

저 스스로 힘으로
하늘 높이 날아
편하게
가고 싶습니다

아무런 미련도 없이
모든 것을 다 버리고
자유롭게 가고 싶습니다

따스한 햇볕을 받으며
아름다운 꽃들을 바라고
편하고 안락한
그곳으로
이제는 가고 싶습니다

상관없습니다

나에게
어떤 일이 일어나도

내 주위에
무슨 일이 일어나도

나는 이제 괜찮습니다

많이 아파봤고
전부 잃어봤고
밑바닥까지 가봤기에

이제는 바라는 게 없습니다

주어진 것만으로도
지금 있는 것으로도
나는 만족합니다

가진 게 하나 없고
잃을 게 하나 없어
나는 이제 너무 자유롭습니다

언제든 가겠습니다
미련 없이 가겠습니다
훌훌 털고 가겠습니다

내 영혼까지 벗어 던지고
자유롭게 가겠습니다

나는 이제 어떤 일에도
상관하지 않으렵니다

홀로 걷는 길

등불 하나 없이
나침반 하나 없이

머나먼 길을
홀로 걸었습니다

어디로 가야 할지
어떻게 가야 할지
아무것도 몰랐습니다

같이 가 줄 사람이
있었다면 얼마나 좋았을까요

힘들 때
힘내라 응원해 주는 사람이
있었다면 얼마나 행복했을까요

그 길이
얼마나 먼 길이었는지
얼마나 험한 길이었는지
그때는 하나도 몰랐습니다

어두운 밤에도 걸어야 했고
비바람이 부는 날에도
눈보라가 치는 날에도
한없이 걸어야 했습니다

언제 끝날지도 모른 채
돌멩이를 베개 삼아
낙엽을 이불 삼아
홀로 밤을 지샜습니다

새벽이 다가옵니다
밤새 비춰주던 별빛이
사라지고 있습니다

언젠가 끝은 있겠지요
언젠간 누군가 다가와
따뜻하게 내 손을 잡아주겠지요

오늘은 유난히 가슴이 더 시립니다

무명

조용히
소리도 없고
흔적도 없이
아니 온 듯 다녀가렵니다

알아주는 사람도 없고
알아봐 주길 원하지도 않습니다

어차피
한 줌으로 끝날 인생

무엇이
소용 있겠습니까

먼 우주에서 바라보면
모든 것이 조그만 점일 뿐

오늘 하루
재미나게 놀다 가면 그만입니다

이름도 필요 없고
왔다가 가면 그만입니다

만남

만남은 희망입니다

오늘을 살아낼 수 있고
내일을 살아갈 수 있는
그러한 용기와 기운을 주기에

만남은 평안입니다

힘든 시간을 이겨낼 수 있고
마음의 상처를 치유 받을 수 있는
마음의 안정을 주기에

만남은 기쁨입니다

있는 모습 그대로 받아주고
내가 살아있음을 느낄 수 있는
아름다운 순간을 주기에

노을

남쪽 끝 바닷가
수평선 너머로
눈 부셨던 태양이
사라지고 있습니다

이젠 아픔도
허전함도
외로움도

저 노을에
묻힐 때가 되었습니다

상처도 사라지고
미움도 사라지고
고통도 저 태양과 더불어
수평선 아래로 저물겠지요

일어나 걸었습니다
손을 잡고 함께 걸었습니다
노을과 더불어
옛것은 다 흔적을 감추었습니다

그리고
발걸음을 내디뎠습니다
새롭게 내디뎠습니다
그와 손을 꼭 잡고
어깨동무를 하고
힘차게 내디뎠습니다

그렇게 노을이 사라진 곳엔
찬란한 별빛이 반짝이고 있습니다

공(空)

비어 있기에 채울 수 있다
채워져 있기에 비워야 한다

끝이 있기에 잡을 수 있고
끝이 없기에 잡을 수 없다

어쩔 수 없으니 버려야 하고
어쩔 수 있으니 취해야 한다

내 것이 아니니 주어야 하고
내 것이 없으니 받아야 한다

가야 할 것은 가야하고
오는 것은 와야 한다

벤치

벤치에 나란히 앉아
같이 앞을 바라봅니다

지나온 세월을
얘기하며 손을 잡아봅니다

좋은 일도 있었고
힘든 일도 있었습니다

푸르른 하늘을 함께 보며
같은 하늘 아래 있음을 감사했습니다

이제 벤치에 같이 앉아 있을 시간이
얼마나 남아 있을까요?

시간이 빨리
흐르지 않기를 바랄 뿐입니다

우울함

밤이 깊어갑니다
허전한 마음에
잠을 이룰 수 없습니다

내가 할 수 있는 것이 없기에
너무나 무력감에 빠져
나의 존재에 회의를 느낍니다

나를 잃은 듯합니다
모두가 나를 떠난 듯합니다
내가 여기에 없는 듯합니다

나의 의지도
나의 마음도
어디론지 다 사라져 버렸습니다

누군가 내 옆에 있으면
좋으련만
인생은 혼자인 듯합니다

모든 짐을
내려놓을 수 있는
허전하고 우울한

이 시기는 언제쯤
지나갈 수 있을까요

초록별 지구

나 아무것도 바라지 않으리라
사랑도 행복도 기쁨도
그때 잠시뿐

나 이젠 웃으리라
아픔도 슬픔도 외로움도
이제 곧 끝나리니

나 그렇게 말하리라
초록별 지구는
그런 곳이라고

간다는 것

따뜻한 봄이 되니
예쁜 꽃들로 가득합니다

나비와 벌들이 날아다니고
새들도 지저귑니다

어느새 햇볕 따가운
한여름이 되었습니다

먹구름이 몰려오니
소낙비가 내립니다

모두 더위에 지쳐
나무 그늘에
낮잠에 빠졌습니다

무더운 여름도 잠시
선선한 가을바람이 붑니다

들녘엔 황금빛으로 가득하고
농부들은 추수하느라 구슬땀을 흘립니다

풍요로운 추석으로
붉은 단풍으로
가을은 깊어갑니다

서리가 내리더니
첫눈이 내리고

옷깃을 여미는 추위에
함박눈이 펑펑 내립니다

사계절은 그렇게
매번 반복되더니

철없던 시절이
그리운 나이가 되었습니다

이마엔 주름이 파이고
허리는 굽었습니다

가까운 사람들이
하나씩 떠나기 시작합니다

이제 나도
떠날 준비를 해야 합니다

아쉽지만
어쩔 수 없지요

가야 하는 건
자연스러운 일

그래도 재밌는
일들이 많았습니다

얼굴에 마지막 미소를 띄우며
이제 작별을 고합니다

모두 안녕
행복했다고 말하고 싶습니다

풍경소리

지친 마음
깊은 상처

인적 드문
숲속 산사

나 홀로 찾아
조용히 방에 누웠네

차가운 달빛
흐릿한 별빛

나무 사이를
스치는 겨울바람에

슬픈 세월이
생각나고

바람 따라 나는 풍경소리
내 마음을 때리네

숲속 길

아무도 없는 숲속 길
달빛만 밝은데

나무 사이로 부는 밤바람
옷을 여미고

정적을 깨는 부엉이 소리
밤은 깊어가고

한없이 홀로 걷는 걸음
두려움마저 사라져

여기가 세상의 끝인 듯
나를 잊었네

외로움

낯선 곳
홀로 있어
더욱 마음 아파라

나의 편은 어디에 있는지
불러도 대답 없고

하고픈 건 많은데
같이 할 수 없어

누군가는 오겠지
날 바라며

누군가는 오겠지
날 의지하러

그런 날은 오리니
곧 오리니

기억

스치는 바람인 줄
지나가는 소낙비인 줄

시간의 흐름 속에
알 수가 없었네

아플수록 생각나니
기억만 아련하고

세월의 야속함에
그리움만 더하네

빛바랜 사진 한 장에
흐르는 눈물이여

연어

태어난 것도 잠시
고향을 떠나네

머나먼 타지
운명의 상처들

마음속엔 언제나
그곳이 그립고

돌아갈 수 있을지
따뜻한 그 품으로

수 없이 건넌
죽음의 장벽들

거센 폭포수도
거꾸로 튀어 올라

기어이 도달한
나의 고향이여

산란한 후
생을 마감하니

고향이 그리운 건
본능이어라

2부

/

마음의 눈

마음의 눈

보이지 않는 것을 보기 위해
보다 더 중요한 것을 보기 위해

더 멀리 있는 것을 위해
지나간 잘못을 위해

보다 더 가치 있는 것
보다 더 의미 있는 것

보이는 대로 말고
보이는 대로 말고

나아가기 위하여
정체되지 않기 위해

이제는 새로운 눈으로
다르게 볼 수 있기 위해

멋진 마음의 눈으로
새로운 세상을 위하여

반딧불이

땅거미 지나 어두운 밤 다가오니
내 앞에 날아다니는 예쁜 반딧불

아름다운 그 빛 따라
나도 따라다니고

두 손 모아 반딧불을
내 손 안에 감싸니

손 틈새로 반짝이는
어여쁜 반딧불

손을 펴자 나를 떠나
다시 나는 반딧불

어둠 속의 반딧불은
어둠 속의 희망이리

진짜 고향

육신의 몸을 입어
태어난 이곳

이곳이 어쩌면
나의 진짜 고향이 아닐지도

우주 공간에서
티끌만 한 지구

나의 몸은 여기 있지만
이곳이 나의 진정한 고향이 아닐지도

고향이라면
편하고 즐겁고 신나고 기뻐야 할 텐데

나는 이곳에서
그리 편하지도
그리 기쁘지도
그리 신나지도
그리 기쁘지도 않네

내가 지금 있는 이곳은
힘들고 아프고 슬프고 외로울 뿐

나의 진짜 고향은 어디에

그 고향으로 내 마음이
먼저라도 갈 수 있다면

죽음 앞에서

정신을 잃은 것 같아
아무것도 보이지 않아

내 몸이 둥둥 어딘가에 실려
알 수 없는 곳으로 가는 것 같아

겪어 보지 못한 무력감이
나를 짓누르고

무언가가 나를 강하게 끌어당기는 듯
끝났다는 생각이 나를 감싸고

아무리 발버둥 쳐도 어쩔 수 없어
내가 도는 건지 하늘이 도는 건지
알 수도 없네

주위가 깜깜해서 너무 무서워
갑자기 저 앞에서 다가오는 불빛
주위엔 뿌연 안개가 자욱하고

미아가 된 듯
무언가에 홀린 듯

소리 없이 내 몸은 그리로 가고

아직 아무한테 인사도 못 했는데
아직 아무 준비도 못 했는데

믿는다는 것

나를 통해 당신이 살고
당신을 통해 내가 살 수 있도록

당신이 내 안에 있으니
나로 인해 당신이 나타나도록

나의 모든 걸 맡기니
나와 함께 끝까지 하기를

언제나 어디서나
당신의 존재를 느끼기를

당신이 이끄는 대로
내가 이끄는 대로
서로 믿고 의지하기를

사랑이 오는 소리

하얀 겨울이 지나가고
쌓였던 눈은 녹고

시냇가에 흐르는 물소리
사랑이 오는 소리인가

한겨울의 얼어붙은 대지
봄바람에 풀리고

여기저기 지저귀는 새들 소리
사랑이 오는 소리려나

힘들었던 겨울은 지나고
조용히 봄이 오는 소리

사랑이 오는 소리여라

저녁 종소리

노을로 물든
아름다운 서쪽 하늘

스산한 바람에
밀려가는 구름 조각

짙어지는 어둠에
대지는 잠이 들고

지저귀는 새들도
둥지를 찾아 드네

조용히 울리는
저녁 종소리

내 마음에 찾아드는
고요한 평화

모든 것을 멈추고
하늘을 바라보네

느려도 괜찮아

어차피 끝이 없네
이룰 수도 없어

조바심도 소용없고
집착은 장애물일 뿐

빨리 가다 보면
고통만 더 커질 뿐

정할 수도 없고
정해지지도 않으리

여기에 삶이 있고
가는 데까지가 모두인 것을

느리게 가도 괜찮아
모든 것이 여기 있잖아

갈 바를 모른 채

아무것도 모른 채
아무도 없는 곳에서
아무것도 가진 것 없이
걸을 수밖에 없었네

같이 가는 사람도 없고
아는 사람도 없이
의지할 곳 하나 없이
혼자 걸었네

방향도 모른 채
어디가 어딘지도 모르고
어떻게 가야 할지도 모른 채
그냥 걸었네

먼지 휘달리는 황야
물 한 방울 없는 사막
내리쬐는 태양 아래
터덜터덜 걸었네

왜 가야 하는지
꼭 가야만 하는지

돌이킬 수 없는지
알 수도 없었네

힘에 지쳐서
너무 외로워서
더는 갈 수 없어
주저앉고 싶었네

누군가 손이라도 잡아주었으면
누군가 같이 걸어주었으면
누군가 말동무라도 해 주었으면

갈 바를 모른 채 그렇게 걸었네

쇼팽

봄이 다가오는 오후
창문 밖을 바라보며
쇼팽을 듣는다

청아한 피아노의 건반 소리
모든 생각을 몰아내고
내 마음에 평안이 찾아오네

따스한 햇살만으로도
쇼팽의 소나타만으로도
행복할 수 있으니

오늘 여기 있음에
나는 모든 걸 가졌네

깊은 산속

사방은 어둡고
인적 하나 없는데

처음 온 산속에서
길을 잃었네

시간이 지날수록
공포는 밀려들고

어디로 가야 하나
어떻게 가야 하나

사람 다닌 흔적도
아무 불빛도 없어

추위는 심해지고
바람도 거세지는데

이곳에서 벗어났으면
어서 빨리 벗어났으면

이번 생은 한 번뿐

언제 헤어질지 모르리
내가 나로부터

두 번 주어지진 않으리
나에게 내가

그리 길지 않으리
주어진 시간이

너무나 부족하리
행복할 시간도

정말로 부족하리
사랑할 시간도

점점 다가오리
떠나갈 시간이

이번 생은 한 번뿐
여기 이 자리에

있는 그대로

완벽할 수 없으니
있는 그대로

나는 나대로
당신은 당신대로

그게 나이고
그게 당신이니까

변하기도 힘들고
변할 수도 없으니

기대하지 말고
바라지도 말고

요구하지도 말고
애태우지도 말고

지금 그 모습 그대로
있는 그대로

모릅니다

난 모릅니다
너무 어려워서

내가 어떻게 알겠어요
그런 것들을

알아봤자 뭐 하겠어요
별것도 아닐 텐데

알고 싶지도 않아요
어차피 차이도 없는걸

틀렸을걸요
당신이 아는 것도

아는 척하지 마세요
답도 없는데

난 몰라요
그게 내 답이에요

또 다른 나

내 안엔 또 하나의
내가 있는 듯합니다

내가 원하지 않는 나
고쳐지지 않는 나
나 자신조차 싫은 나
내 말을 잘 듣지 않는 나

이런 내가 다시 태어나길

하나의 나로 새롭게 되어

내가 원하는 대로
나의 말을 잘 듣는 나로
내가 좋아하는 나로
내 맘대로 고쳐진 나로
자유롭고 평화로운 나로

새로운 나로 다시 태어나길

새벽은 가까이에

아프면 아플수록
슬프면 슬플수록
힘들면 힘들수록

괴로우면 괴로울수록
외로우면 외로울수록

이제 다 끝나리라
조금 있으면 다 끝나리라

밤이 깊을수록
새벽은 곧 오리라

마음의 봄

새벽에 눈을 뜨니
창밖엔 빗소리

얼었던 대지를
봄비는 녹이고

이제 겨울은 가고
봄은 내 곁에

추웠던 내 마음도
봄이 오길 바라네

꽃이 피고
나비 날아다니는

따스한 봄이
내 마음에도 오리라

기차역에서

어디론가 떠나고 싶어
혼자 길을 나섰네

모든 걸 잊고
멀리 떠나리

주위엔 감당키 어려운
일이 너무 많아

계속되는 아픔에
견딜 수 없어

지금 있는 자리에서
버틸 수 없네

아무도 없는 곳
아무 일도 없는 곳

마음이라도 편한 곳으로
떠나고 싶네

기차 안에서

하얗게 흩날리는
눈바람

대지가 온통
눈으로 뒤덮였네

거세지는 눈보라는
하늘부터 대지까지
온통 하얀색

봄이 온 듯한데
다시 겨울로

계절은 왔다가도
다시 돌아가는지

이 기차의 종착역
그곳은 따뜻했으면

음지가 양지 되어

너무 오랜 세월
빛을 보기도 힘들어

춥고 축축하고
찾는 이 없어

희망만 바라고
미래만 바랐던 시절

이제 그 시절은 끝나고
따뜻한 햇살이 비추니

조금만 더 기다리라
이제 곧 완전한 양지리니

3부

/

푸른 바다

길을 잃어

앞이 보이지 않아
길을 찾을 수 없네

어느 쪽으로 가야 할지
알 수가 없네

사방이 막힌 듯
모든 게 두려워

누구의 도움 없인
한 걸음 내딛기도 힘들어

고통은 켜켜이 쌓여
내 어깨를 짓누르니

당신 없이는
갈 수가 없네

친구

힘든 마음 달래려
멀리 갔다 돌아오니

진심으로 걱정했던
친구의 얼굴이여

모든 걸 받아주고
모든 걸 들어주는
친구의 마음이여

나의 삶을 나눌 수 있고
부끄러움을 보여줄 수 있는
나의 친구여

난 행복한 존재라는
내 마음을 울리는
친구의 응원이여

스쳐 지나리

머무는 것은 없어
다 스쳐 지나리

아무리 좋은 것도
아무리 나쁜 것도

언젠간 다 지나가리

아무리 기쁜 것도
아무리 슬픈 것도

잠시 후면 없어지리

너무 싫은 것도
나를 짓누르는 것도

조만간 다 지나가리

좋아할 필요도
싫어할 필요도 없어

마음의 평정만 유지하리

아니 온 듯

잘 살 필요도 없고
유명해질 필요도 없네

엄청난 불행도
엄청난 행복도 없으리

노력해도 안 되기도 하고
쉽사리 잘 되기도 하네

연연해할 필요도
아쉬워 살 필요도 없어

내게 오는 것은
언젠간 가는 것

아니 온 듯
잠시 다녀간 듯
그저 그렇게

살아계심

아직 살아계심에
같이 할 수 있네

정신없이 살아온 시간
많이 보살펴 드리지 못해
죄송하기만 할 뿐

하노라고 했지만
그래도 아쉬운 마음에
오늘도 안타까워

남아 있는 시간이
얼마일지 알 수 없지만

오늘도 나는
두 분을 위해
나의 삶을 던진다

아직 살아계심에
나는 행복하네

그저 그렇게

오라면 오라는 대로
가라면 가라는 대로

보려고 하지도 말고
들으려고 하지도 말고

신경 쓰지도 말고
애쓰지도 말고

고민하지도 말고
목표도 세우지 말고

만나자면 만나고
헤어지자면 헤어지고

바람 부는 대로
구름 가는 대로

그저 그렇게

괴롭지 않아

어떤 일이 내게 와도
난 괴롭지 않으리

수많은 일이 올지라도
난 연연치 않으리

어차피 모든 것은
다 헛된 것

괴로울 필요도
연연할 필요도 전혀 없네

아
이젠 괴로움 없이 살 수 있네
어떤 경우도 난 괴롭지 않아

괴로움이 없으니
이젠 행복뿐이네

마음의 부자

아무도 밉지 않아요
아무도 싫지 않고요.

모두 다 사랑스러울 뿐

누가 뭐래도 괜찮아요
누가 귀찮게 해도 괜찮고요

다 받아줄 수 있어요

비가 와도 되고
눈이 와도 되고
바람이 불어도
폭풍우가 몰아쳐도
다 괜찮아요

마음이 넉넉하니
모든 게 다 괜찮아요

그는 마음의 부자예요

푸른 바다

끝없이 펼쳐진 푸른 바다
그 끝도 보이지 않아

하늘과 닿은 수평선
까마득하고 멀어

이토록 많은 물은
다 어디서 왔을까

그 깊이와 넓이를
헤아릴 수 없는 푸른 바다

나의 마음도
저 바다처럼 넓었으면

모든 사람의 마음이
저 바다처럼 넓었으면

다르다고 해서

생각이 다르고
좋아함이 다르고
싫어함도 다르고

우리 각자는
모든 것이 다르네

같지 않다고
싫어하고
미워하고
강요하고
이해하려 하지 않으니

아픔과 고통뿐이네

각자가 잘못일 수도 있으니
받아들이면 편하리

마음이 편하면
기쁨과 행복이 따르리라

뜻대로 안 되리

내 뜻대로 되는 것보다
안 되는 게 더 많네

그건 당연할 수밖에

나 아닌 사람이 훨씬 많고
세상이 너무 복잡하니

내 뜻대로 되길
바라지 않으리

내 뜻대로 안돼도
그냥 다 받아 드리리

그래도 괜찮아
별 차이 없을 테니

연연해하지 않으리
그냥 초월하리

거기에서

안정되는 곳
마음이 편안해지는 곳
내가 변하는 곳

내가 발전하는 곳
살아있음을 느끼는 곳
나로 존재하는 곳

원망하지 않는 곳
걱정하지 않는 곳
후회하지 않는 곳

감사하는 곳
사랑이 있는 곳
나를 사랑하는 곳

거기에 서고 싶습니다

풀 한 포기

풀 한 포기였으면

길가이건
숲속이건
어디든 상관없이

풀 한 포기였으면

생각 없이
고민 없이
그저 그렇게

풀 한 포기였으면

오지도 않고
가지도 않고
그냥 그대로

풀 한 포기였으면

사랑도
미움도
아무것도 없이

풀 한 포기였으면

시지프스

무의미한 세계와
불합리한 세상

부조리한 사회 속에
절망의 상황에서
한계를 느끼네

합리적인 이성에 반한
비합리적인 세계 속에
있는 우리

하늘이 없는 공간과
측량할 길 없는 시간
그리고
그 속에 존재하는 우리

끝없이 밀어 올리지만
다시 굴러 내려가는 바윗돌

시지프스는 아마 운명일지도

도시의 노을

멀리 보이는 푸른 하늘
그 아래엔 붉은 노을

고층 건물의 창밖
수많은 도시의 불빛

아름다운 것인지
외로운 것인지

오늘도 변함없이
흐르는 시간

노을 너머로
하늘 아래로

그 머언 곳으로….

후회

후회해서 무엇하리
다 지나간 것을

돌이킬 수 없는데
이제 와서 무엇하리

아직도 미련이 남는 건

무엇 때문일까

조그만 희망이라도 있는 것일까
아직 무언가 해볼 수 있어서일까

그러면 좋으련만
알 수가 없네

알 수 없으니 답답하고
힘에 부쳐 주저앉을 듯

세상은 너무나 외로운 곳
세상은 너무나 고통스러운 곳

소 코뚜레

아침에 눈을 뜨니
모든 것이 나를 짓누르네

해가 뜨지 않았으면 좋았으련만
어쩔 수 없이 일어나 나가야 하네

코뚜레에 끌려 나가는 소처럼

원하지 않는 일
원하지 않는 곳으로
억지로 끌려가는 것인가

오늘도
원하지 않는 길로
원하지 않는 곳으로
원하지 않는 일을 해야 하네

소 코뚜레는
슬픔이며 아픔이라

동트기 전

새벽 3시 반

아직 해가 뜨려면
한참이나 남았는데
눈이 떠졌습니다

일찍 잠이 든 것도 아닌데
겨우 잠들었는데

창밖으로 도시의 밤을 봅니다

도시는 불빛으로 가득하고
창밖엔 자동차 지나는 소리만 들립니다

사람들이 그립습니다

마음이 따뜻한 사람들
많은 것을 포용해주는 사람들
있는 그대로 받아주는 사람들
자기를 주장하지 않는 사람들
다투지 않는 사람들

오늘은 저 혼자 지내렵니다

사람들이 무섭습니다

아픔을 주는 사람들
이기려는 사람들
주장이 강한 사람들
다투려는 사람들
자신만을 위하는 사람들
이해하려 노력하지 않는 사람들

오늘은
일을 얼른 마치고
아무것도 하지 않으렵니다
아무 생각도 않으렵니다

그냥 오늘이 있었다는 것에
감사만 하렵니다

내가 나를

무엇보다도
내가 나 자신을 제삼자로
볼 수 있어야 할 텐데

나 자신을
있는 그대로 객관적으로
볼 수 있어야 할 텐데

나를 정확히 볼 수 없는데

그 누구를
그 무엇을 탓하랴

멀리서 나를 보고
뒤에서도 나를 보고
사방에서도 나를 보고
의식으로 나를 보리라

나를 전체적으로
볼 수 있는 곳

그 곳에서
의지와 행위가 일치하리라

그곳에 현존의
기쁨과 희열이 있으리라

4부

/

남아 있는 시간

따로 또 같이

기쁠 때 같이 기뻐하고
슬플 때 같이 슬퍼하고

웃을 때 같이 웃고
울 때 같이 울고

힘들면 나누고
무거우면 같이 들고

자신을 주장하지 말고
하나로 뜻을 모으고

서로를 위로하고
같은 것을 바라며

상처를 같이 치유하고
차이를 메꾸어가고

다른 듯하지만
같은 것을 느끼는 것

사랑은 공감이리라

겨울이 가네

유난히도 일이 많았던
겨울이 가네

삶의 추위는
계절의 추위보다 더하고

예상치 못한 일들로
겨울을 느끼지도 못했네

어느새 쌓여 있던
눈들도 사라지고

어두워지는 밤
창문을 열어도 그리 춥지 않네

절망 속에서도
작은 기적들이 일어났던 겨울

그나마 나에게 조그만
희망이 되었고

그 희망이나마
나의 의지가 되었네

할 수 있는 것만 하리라
바라지도 않으리라

오늘을 감사하리라
더는 기대하지도 않으리라

지나간 것은 흘려버리리라
생각할 필요도 없으리라

삶은 어차피 무거운 것
삶은 겨울같이 추운 것

어느새 추웠던 겨울이 가네
내 마음의 겨울도 어서 가기를

현존

소란한 세상 속에서
고요한 마음을 위해

세상으로부터
타자로부터 받은 상처의
치유를 위해

혼란스럽고
치고 차이는 세상에서
평안을 위해

많은 생각에 빠지고
스스로 갇힌 마음의 감옥으로부터
해방되기 위해

수 없이 얽힌 관계의
구속되지 않기 위해

고통스러운 감정과
엉망으로 되어버리는 삶에서
자유롭기 위해

지금 여기에 현존하리라

구름 위엔 태양이

비가 올 듯
먹구름만 잔뜩 있고

폭풍우가 불듯
바람은 거세지네

쏟아지는 소낙비
피할 수가 없고

불어대는 폭풍우에
서 있기조차 힘드네

비가 오지 않은 적 없고
폭풍우 없던 계절도 없었네

잠시면 다 지나가리니

저 높은 구름 위엔
언제나 태양이 빛나니

자신에 대한 사랑

지구상에 하나밖에 없으니
다른 무엇보다 소중하리

다른 사람과 상관없으며
다른 것과 비교할 필요 없으리

내가 나를 사랑하지 않는데
누가 나를 사랑할까

내가 나를 가장 많이 사랑하리라
다른 그 무엇보다도
나 자신을 소중히 여기리라

내가 있으매 다른 것이 존재하니
이 세상 무엇보다 중요하리

후회 없이 사랑해주리
아낌없이 나를 사랑하리

진정한 나

가짜인 내가 있는 듯

내가 원하지 않는걸
내가 하고 있으니

가짜인 나는 힘이 센 듯

나 자신을 내 마음대로
하지 못하는 때도 있으니

내가 원하는 대로
마음껏 해도
구속되지 않는 나

진정한 나는
자유로운 나

진짜의 나를 찾으리
가짜의 나를 몰아내고

항상 진짜의 나와만
동행하리

언제까지나

독수리처럼

반평생을 살았네

부리는 휘어져 가슴을 파고들고
발톱은 굽어져 먹이 잡기조차 힘드네

날개는 무거워지고 깃털들은 두꺼워져
날기조차 힘드네

이대로는 더는 살기 힘드니

환골탈태를 결의할 수밖에

스스로 부리를 부딪쳐 없애고
새 부리를 얻었네
그 부리로 발톱을 뽑아내네
그 발톱으로 무거운 깃털을 뽑아내어

새로운 부리와 발톱과 날개를 얻었네

새로운 탄생을 위해서
아픔과 고통을 인내해야 하는 수밖에

그 인내 없이는 새로운 삶은 불가능하니

이제 새로이 얻은 것으로
더 높이 날아오르리

더 훨훨 날아오르리

남아 있는 시간

앞으로 남은 시간은
아름다운 시간이기를

내세우거나 자랑하지는 못해도
부끄럽지 않은 시간이기를

하루하루가 새롭고
즐거운 시간이기를

주위 사람들과 함께 하는
따뜻한 시간이기를

소박하거나 투박하지만
미소가 있는 시간이기를

나 자신을 절제하며
내가 나의 주인인 시간이기를

작은 것에 만족하는
행복한 시간이기를

내 옆에 있는 사람들이
편안한 시간이기를

삶의 의미를 알아가는
깨달음의 시간이기를

2월의 마지막 밤

겨울의 끝자리 밤은 깊어가고
창문을 여니 찬 바람은 남아 있네

하늘엔 커다란 보름달
세상을 훤히 비추고
청량한 공기는 마음마저 맑게 하네

자연은 반갑건만
삶은 만만치 않고

가장 짧은 달인 2월이건만
왜 이리도 많은 일이 생겼던 것일까

비껴가기를 원했던 일들도
여지없이 나를 관통하고

바라지 않았던 일들도
여지없이 다가왔네

밤은 깊어가지만 잠은 오지 않고
머릿속에 많은 생각만 내달리고 있네

그래도 내일은 3월이 시작되니
좋은 일도 기쁜 일도 많기를 희망하네

한 가지 바라는 것이 있다면
나의 영혼만이라도 자유롭기를

2월의 마지막 밤은
이렇게 깊어가네

어딘가에

내 바라는 그 무엇이
어딘가에 있으리라

내 그리운 그 사람이
그 어딘가에 있으리라

정처 없이 떠돌다
쉴 수 있는 곳이
그 어딘가에 있으리라

상처받은 내 영혼
지쳐버린 내 육체가
쉴 수 있는 곳이
그 어딘가에 있으리라

아름다운 꽃과
향기로운 풀 내음
따스한 햇살이 있는 곳이
그 어딘가에 있으리라

아무것도 하지 않아도 되는 곳
그냥 있으므로 충분한 곳

평안한 마음과
기뻐 눈물 나는 삶이 있는 곳이
그 어딘가에 있으리라

이제는 어려움이

힘들고 어려운 것을
피하고 싶었네

무거워 감당이나 할 수 있을지
자신도 없었네

하지만 그것은 나의 운명이란 걸
이제는 알게 되었네

도망칠 수도 피할 수도 없는
나의 운명이었네

삶은 어쩌면 어려움의 연속일지도
이제는 어려움을 당연히 받아들이네

이제는 어려움이 겁나지 않네
아무도 같이하지 않지만

나는 나의 운명을 받아들이리
이제는 어려움이 어렵지 않네

흘러가는 것들

나의 뜨거운 열정도
이제는 사라지는 듯

만만치 않은 세월 속에
부여잡을 것도 없어라

세우고 또 세웠던
삶의 목표들

이룰 수가 없기에
말없이 사라지고

강철같은 의지와
하고자 하는 의욕도

세월의 흐름 속에
그냥 놓아 버리고

지치지 않던 나의 체력도
이제 하룻밤도 새질 못하네

보고 싶은 많은 글도
이제 더 나빠진 시력으로
볼 수가 없네

세월이 흘러가듯
모든 것이 그렇게 사라지네

흘러가게

아픈 마음도 흐르는 물처럼
미운 감정도 흐르는 시간처럼
그냥 다 흘러가게

용서를 구하지도 말고
이해를 원하지도 말고
그냥 다 맡긴 채

하늘을 나는 새처럼
두둥실 떠가는 구름처럼
모두 다 자유롭게

그렇게 다 흘러가게
흘러가다 보면
그 어딘가엔 이르리니

나는 어디에 있는가

어디까지 왔는가
제대로 왔는가

내가 밟고 서 있는 곳은
대체 어디쯤인가

어디까지 가야 할까
맞게 가고 있는 것일까

뒤돌아보기도 두렵고
앞을 보기도 두려워

가다 지치는 건 아닐까
끝까지 못 가는 건 아닐까

내가 있는 곳을 알 수도 없어
가야 할 곳도 분명치 않아

그냥 생각 없이 가련다
삶은 어쩌면 그냥 그렇게
사는 건지도 모른다

두려움 없이

겁낼 거 하나 없네
어차피 예상 못 한 일로 가득하니

바라지 않으리
쉽게 되는 건 하나도 없으니

가슴을 펴리라
어떤 일도 해봐야 하는 것

실패하면 어떠리
후회하는 것보단 나으니

당당하게 운명과 맞서리
어떠한 두려움도 없이

부치지 못한 편지

쓰고는 지우고
다시 쓰고는
또다시 지우고

정말 오랜 시간
마음을 담았습니다

못 쓰는 글씨였지만
태어나 가장 많은
정성을 기울였습니다

어쩌면 그 글씨는
바로 나일지도 모릅니다

나의 따뜻한 마음과
한없는 그리움과
애달픈 감정과
나의 영혼과
나의 모든 것이 담긴
편지였습니다

하지만 결국 그 편지는
내 품을 떠나지 못했습니다

아직도 그 영혼의 편지는
나에게 있습니다

할 수 없음에

나의 능력 밖임을
내가 할 수 없음을

하려 해도 안 됨을
내 영역이 아님을
바란다고 되지 않음을
발버둥 쳐도 소용없음을

이제는 알기에
그냥 맡기고 기다리리

꼭 그것이 아니어도
나의 삶은 가치 있으리

땅끝

저 멀리 땅끝
지평선엔 무엇이

평안함과 생각 없음이
그리고 나의 현존이

다다를 수 없는 곳
아무도 없음이

모든 것을 떠나
홀로 있음이

나의 영혼의
자유로움이

많은 것으로부터
벗어남이

그냥 맡기고
흘러감이

다 내려놓고
떠남이

어디서 어디로

어디서 왔을까
모든 것의 시작은

어디로 가는가
모든 것의 여정은

어디까지 가는가
모든 것의 끝남이

내가 있기에
나는 본다

그 머언 곳
내가 있을 곳

아주 먼 곳
내가 있어야 할 곳

5부

/

타인

타인

타인을 바라지도
기대하지도 않으리

타인은 나를 위해
존재하지 않음이니

타인을 기대함도
어쩌면 욕심일 뿐

나 스스로 가야 하리라

나 스스로 하지 못함은
더는 갈 수 없음이니

타인의 위로도
타인의 공감도
타인의 관심도
다 부질없어라

그냥 그렇게 가리라
무너지면 무너지고
넘어지면 넘어지는
쓰러지면 쓰러지는 채로

타인 없이 그냥 홀로 가리라

안쓰러움

오랫동안 피지 못했던
음지의 그늘에서
미래만을 바라보던
그 모습이 안쓰럽다

지나간 세월의 아픔
슬픔과 고독
언젠가의 햇살만을
기대하는
그 모습이 안쓰럽다

과거의 상처에
아직도 매여 있어
자유롭지 못 한 채
오늘도 힘들게 사는
그 모습이 안쓰럽다

이제는 모든 것을 털어버리고
새로운 시간을 누려도 좋으련만
삶의 굴레와 현실의 생 앞에
아직도 무거운 마음으로 사는
그 모습이 너무나도 안쓰럽다

고통을 받아들이며

시간의 흐름 속에
언제나 다가오는
그 고통은
강철같은 마음이라도
파고들고 말지니

그대 저항하지 말고
버티지 마라
고통을 감내하고자
애쓰지 마라

그것은 자연스러운 것
예외 없는 것

멀리서 바라보면
지나가리니
그냥 받아들이고
지켜만 보라

낯선 곳

여기는 아직 경험한 적 없는 곳
전에 한 번도 와 본 적이 없던 곳

정신적으로 낯선 새로운 영역
감당할 수 있을지 모를 영역

갑자기 불쑥 나타난 장애물이 있는 곳
어떻게 대응할지 모르겠는 곳

익숙하지 않은 것들
전부가 새로운 것들
이곳이 아니었는데
내가 올 곳이 아니었는데

나대로

쳐다보는 것도 없습니다
바라는 것도 없습니다
원하는 것도 없습니다

그냥 나대로 살 것입니다

내가 좋아하는 것을 위해
내가 지금 있는 그대로의
나의 모습으로 살 것입니다

부족한 것도
부끄러운 것도
모자라는 것도 있지만

지금 나의 모습이
진정한 나입니다

나는 나대로
지금의 나를 사랑하며
지금의 나를 위하여
지금 여기에서
자유롭게
어떤 것에 구애받지 않고
그렇게 살겠습니다

눈물

괜찮다고 하지만
괜찮지 않음을 알기에

힘들지 않다고 하지만
힘든 걸 알기에

나를 보고 미소 짓지만
속으로 울고 있기에

아프지 않다고 하지만
많이 아픈 걸 알기에

필요한 게 별로 없다 하지만
많은 게 필요한 걸 알기에

이제 다 왔다 하지만
아직 갈 길이 멀기에

그저 눈물이 납니다

그 눈물 언제나 멈출지
알 수가 없기에

더욱 눈물이 납니다

별을 사다

오늘도 별을 샀습니다

아무런 생각 없이
돈도 주지 않고

원하는 만큼의 별을 샀습니다

어제의 별보다
오늘 산 별이 더 예뻤습니다

내일도 별을 사렵니다
훨씬 더 예쁜 별을 사렵니다

내 방에도 놓고
마당에도 놓으렵니다

반짝이는 별을
매일매일 살 것입니다

그 모든 별이
나의 별입니다

더는 둘 곳이 없을 정도로
많이 많이 살 것입니다

내 마음도 그 별들로 인해
너무 밝아졌습니다

나는 이제 별나라의
주인이 되었습니다

이제 아무 데도 가지 않고
이곳에서만 머무르렵니다

도울 수 있음에

따뜻한 봄의 햇살처럼
진심 어린 마음으로
그를 도우렵니다

향기로운 봄 내음처럼
은은한 마음으로
조용히 도우렵니다

어여쁜 봄의 꽃처럼
아름다운 마음으로
곱게 도우렵니다

생명을 품은 봄의 기운처럼
새로운 그의 삶을 위해
그를 도우렵니다

도울 수 있음에 감사하고
도울 수 있음에 행복합니다

버리고 떠나련다

미련 없이 떠나련다
다 버리고 떠나련다

후회도 없이
고민도 없이
생각할 것도 없이
다 버린다

가지고 있어 봐야 소용없고
애착도 사치일 뿐

어떤 것에도 연연해하지
미련도 남아 있지 않다

버리니 자유롭다
다 버리니 나도 없다

어깨에 기대어

어깨에 기대어
눈을 감았네

의지하고 싶어서
외로워지고 싶지 않아서

힘에 부쳐
마음이 무거워

내려놓을 수 있기를
맡길 수 있기를 바라며

그렇게 한참이나
어깨에 기대어
말없이 눈을 감고 있었네

그 시간이나마
마음이 편했네

짧은 시간이나마
세상을 잊었네

꽃을 피우리라

내가 서 있는 이 자리에서
꽃을 피우리라

나와 함께 하는 사람과
물길을 내리라

지금 가지고 있는 것으로
거름을 주리라

다른 곳은 필요 없고
이 자리에서 피우리라

은은한 향기와
아름다운 모습으로
머지않아 나타나리라

절망과 희망

절망과 희망은 함께 있는 것

바라볼 것이 없을지라도
더없이 극한 상황일지라도

이유를 잃었을지라도
목표가 사라졌을지라도

새로운 이유와
또 다른 목표가
곧 다시 오리니

주저앉기보다는
일어서야 하리

바로 그 앞에
희망이 자리하리니

화쟁

편견도 없고
차별도 없이

어디에 얽매이지도
무엇을 고집하지도
무엇에 집착하지도

모든 것을 극복하여
서로를 이해하고
같이 마음을 합해

대립을 극복하여
더 높은 차원으로
그곳에 이르기를

있는 그대로

그러려니 하려 합니다
너무 바라지도 않구요

속아 주기도 하렵니다
많은 기대도 하지 않구요

더 좋은 모습이면 좋겠지만
그래도 괜찮습니다

가끔 가슴이 철렁하지만
아무것도 아니었네요

하루하루 지나다 보면
무언가가 쌓이겠지요

지금 그 모습 그대로
있는 그 모습 그대로

그냥 웃고 지내렵니다

오늘

오늘이 있기에 내가 있네
오늘이 있기에 영원이 있네

오늘 살아 있음에 감사하네
오늘 느낄 수 있어 감사하네

오늘은 다시 돌아오지 않으니
오늘 행복하면 바랄 게 없네

어제도 오늘이 아니고
내일도 오늘이 아니네

오늘로 만족하리
어제도 없고
내일도 없으니

오늘 살으리
나 이제 오늘만 살으리

마음을 잃어

나의 마음은 어디로 갔는가
찾아도 찾을 수 없네

마음이 사라지니
나도 사라진 듯

아무것도 할 수 없고
모든 걸 잃은 것 같아

허공에 뜬 달도 아닐진대
공중에 떠다니는 듯

마음을 잃어 말도 사라져
말하고 싶어도 할 수가 없네

찾으려야 찾을 수 없고
기다려도 돌아오지 않으리

너 대신

너 대신 아프고
너 대신 괴롭고
너 대신 힘들며
너 대신 외로우며
너 대신 눈물을 흘리리니

나 대신 평안하고
나 대신 실컷 웃고
나 대신 사랑받고
나 대신 행복하며
나 대신 축복받기를

다만 잊지 않기를
그 먼 훗날까지도

내 마음속의 네가 있었다는 걸

나

나는 나 자신일 뿐
누구의 내가 아니리

나는 나 자체일 뿐
무엇의 나도 아니리

나는 그냥 있음으로
존재하고
그것으로 만족하리

누구의 나로서
무엇의 나로서

더는 원하지도
바라지도 아니하리

누구의 나
무엇의 나로부터
자유로우리

나는 지금
여기 있음으로
더는 바라지 않으리

있음

정태성 시집 (2)

값 8,000원

초판발행 2021년 8월 25일
지 은 이 정태성
펴 낸 이 주디자인
펴 낸 곳 주디자인
주   소 충북 청주시 상당구 수동 436-6
대표전화 043-224-3550
팩   스 043-221-1933

ISBN 979-11-88875-35-1